창비시선 133

이 동 순 시 집

봄의 설법

창 작 과 비 평 사

1 9 9 5

차   례

제 1 부

제 2 부

제 3 부

제 4 부

제 1 부

별

새벽녘
마당에 오줌 누러 나갔더니
개가 흙바닥에 엎드려 꼬리만 흔듭니다
비라도 한줄기 지나갔는지
개밥그릇엔 물이 조금 고여 있습니다
그 고인 물 위에
초롱초롱한 별 하나가 비칩니다
하늘을 보니
나처럼 새벽잠이 깬 별 하나가
빈 개밥그릇을 내려다보고 있습니다

혼자 먹는 아침

밥 한 덩이와
물 한 사발과
간장 한 종지와
어제 먹다 남은 김치 한 보시기가
아침 밥상에 놓여 있다
혼자 먹는 밥이 어떠냐고 누가 물을 때
생각보단 심심하지 않고 또 때론 엄숙도 하다고 대
답하지만
이 세상에서 홀로 된 사람의
그 말할 수 없이 서글픈 조석 끼때의 심정을
혼자 밥을 먹어보고서야
겨우 조금은 알겠다

묵   언

아침부터
해질 때까지 쇠똥 거름을
퍼담아 마당 곳곳에 부었다
부어놓은 쇠똥 거름을
또 다음날 아침부터 해질 때까지
골고루 흩어서 깔았다
이러기를 여러 날 했다
끼때 되면 부엌에 들어가 홀로 밥 챙겨 먹고
밥 먹고 나면 뜨락에 잠시 앉아
물끄러미 앞산 자락을 보았다
오는 이 가는 이 없고
나는 혼자였다
말하기 위해 입을 열 필요가 없었다
그대로 묵언 수행이었다

풍경소리

뒤로 벌렁 드러누워
나는 처마 밑의 풍경을 본다
대숲을 쓸어온 바람은
풍경에 매달린 고기를 흔든다
고기는 부는 바람에 몸을 비틀며
참다가 참다가 드디어
종소리를 좌르르 쏟아놓고야 만다
바람은 그제야
할 일을 했다는 듯
다른 곳으로 떠나가고
구리로 만든 고기의 등짝에는
아침 볕이 눈부시게 비친다

청산에 새소리 가득 차고

청산에 새소리 가득 차고
안개가 고죽 마을을 휘감고 있는 새벽
천지의 꽃들은
꽃눈 속에서 터져 나오려고
젖꼭지 같은 망울을 한껏 부풀리고 있는데
이 꽃나무 밑에서
우리 집 암캐 진도란 년도 방금
첫 발정을 해서
빨간 꽃잎을 땅바닥 여기저기에
뚝뚝 흘리고 다녔다

누   에

수만 마리의 누에가
일제히 뽕잎 갉아먹는 소리를
들어본 적 있습니까
여름날 뽕밭에서 뽕잎을 딸 때
문득 와르르 쏟아지는 소낙비 소리에
귀기울여본 적은 없습니까
꼭 그와 같습니다
몸 속의 모든 실을 다 토해 고치를 지은 다음
다가올 시간을 조용히 기다리며
고즈너기 생각에 잠기는
저 누에를 잠시 눈여겨보십시오
그대여
나는 요즘
지어도 지어도 미완성인
고치 속에 들어앉아서
내가 저 누에처럼이라도 한번 살아보았으면
하는 생각을 하고 있습니다

개 두 마리

지난 여름 장에 가서
암수 강아지 한쌍을 사왔다
이놈들이 커서 이젠 제법 개 구실을 한다
어느날 과자 하나씩을 주었더니
제각기 자기 과자 앞에서 과자를 지키며
서로 으르렁거리기만 한다
두 시간이 지나고 오전이 다 가도록 서로
눈치만 보며 먹지를 못한다
등털 곤두세우고 침만 질질 흘리는
이 어이없는 긴장 !
나는 늦게사 그걸 알고
가서 과자를 멀리 던져버림으로써
그 팽팽한 긴장을 깨뜨렸다
이놈들은 그제사 고개 들고 하늘도 보고
또 서로 핥아주기도 한다

토 끼 똥

최정산을 오르려고
길도 없는 산길을 가랑잎만 밟고
허위허위 올라가노라니
묵은 싸리나무 밑동의 껍질이 하얗게 벗겨져 있고
바싹 마른 토끼똥이 거기에 소복하였다
나는 싸리나무 앞에 앉아
바싹 마른 토끼똥을 주워들고 중얼거린다
모질게도 추웠던 지난 겨울
그 눈구덩이 속에서
산토끼란 놈들은 이렇게 지냈구나
조금만 쌀쌀해져도
우리는 호들갑 떨며 보일러의 온도를 더욱 높이고
늘 먹던 음식에 지쳐 별미만 찾아다닐 적에
이놈들은 싸리나무 껍질을 이빨로 갉아
주린 배를 채우며 지냈구나

봄의 설법

경칩 지나서 며칠 뒤
지훈과 밀양 표충사 재약산 사자평을
한달음박질로 뛰어내려와서
계곡 바위에 앉아 헉헉 가쁜 숨 돌릴 즈음
올해의 첫 개구리 소리를 들었다
나는 작은 짐승처럼 귀 쫑긋 세우고
대지에 울려퍼지는 잔잔한 봄의 설법에 귀기울였다
그날 개구리가 무슨 설법을 했는지는
여기에 세세히 쓰지 않겠다

강

왁자지껄한 소리와 함께
한떼의 사내들이 강둑을 넘어왔다
소쿠리와 쇠메를 메고
물가의 여기저기를 두리번거리며
꼭 무언가를 찾는 품이다
한 사내가 쇠메를 머리 위로 치켜들고
힘껏 바위를 내려친다
바위에 일순 불똥이 튀었겠지만
여기선 보이질 않는다
떠오른 물고기를 집어서 홱 던지니
물가의 사내가 냉큼 주워서
소쿠리에 담는다
왁자지껄한 웃음소리
퍽 하고 바위 치는 소리가 또
강물을 건너서 아련히 들려온다
쉴새없이 물은 흘러서 가고
들판에선 새떼들이
공중으로 푸드득 솟아오른다

나무에 대하여

대추나무를
전지하면서 살펴보니
나무의 가지와 가지들은
결코 서로 다툼이 없다는 것이었다
한 가지가 위로
혹은 옆으로 내뻗어가다가
다른 가지와 마주칠 때
반드시 제 몸을 휘어서 감돌아 간다는 것이었다
그리고 나서 다른 나무들을 보니
나무란 나무는 모두 그러하다는 것이었다
이런 나무의 이치를 알고서 세상을 둘러보니
사람들은 다른 사람을 끌어내리고
차고 꺾고 심지어는
제 살기 위해서 남까지 죽이려고
칼을 갈고 있는 것이었다
사람들 중에서도
풀과 나무를 만지고 살거나

마음속에 풀과 나무를 가꾸고 사는 사람들은
그래도 나무의 겸양과
조화로움을 조금은 닮아 있는 것이었다

큰물진 뒤

큰물 지나간 뒤의
강가 돌밭
손톱만한 풀개구리 한마리가
돌 위에 붙어 있다
가까이 가도 달아나질 않는다
나는 개구리를 들여다본다
연둣빛 작은 몸으로 숨가삐 뛰어오던 개구리는
여기까지 와서
드디어 모든 걸 쉬고
한개 까아만 점으로 굳어 있다
오, 이 엄숙한 정지!
어둠이 천천히 대지를 덮는다

저녁 어스름

나는 다시
저잣거리로 돌아온다
희미한 등불이 하나 둘 켜지는
비 뿌리는 저녁 어스름
한 청년이 비를 맞으며 쏜살같이 달려간다
나는 우산 밑에서
그의 뒷모습을 물끄러미 본다
어딜 가느라 저리도 바쁜 것인가
사람의 한 생도 저처럼
정신없이 뛰다가 저무는 것인 게지
청년의 모습은
금방 어둠에 묻히고
이제 세상은 깜깜한 빗소리만 들린다

콩 조 림

마당에 느티나무
묘목을 심어놓고
그 사이사이로 검정콩을 놓았다
이 콩은 작년에 황서방네 가족이 갖다준 것이다
내가 호미로 땅을 파고
응이는 바가지에 담긴 콩을
두세 개씩 거기에 놓았다
날이 가고 달이 차서
잡초 속에서도 콩은 우뚝 돋아
꼬투리를 맺고 열매가 익었다
서리가 보얗게 마당에 깔린
어느 따뜻한 늦가을
나는 콩을 베어서 처마 밑에 말렸다
햇살에 콩깍지가 말라갈 때
하느님이 내려와서 콩깍지의 콩과 소곤거리는 소리
를 들었다
막대기로 꼬투리를 자박자박 두들겨 패고

검브러기를 바람에 나부끼니
콩은 남고 검부러기는 날아갔다
이걸로 아내가 콩조림을 만들어주었는데
오늘 나는 그 콩조림으로
밥 한 그릇을 뚝딱 다 먹었다

마을 뒷산에 올라가 보면

마을 뒷산에 올라가 보면
상돌에 산소 수발 요란히 해놓은
요즘 무덤도 있고
또 우거진 수풀 사이에는
임자 없이 버려진 옛 무덤도 있다
옛 무덤들은 대개
봉분이 깎여나가 있거나
혹은 굵은 나무들이 여러 그루씩
무덤 속으로 뿌리를 박고 있기가 십상이다
살아 있는 사람들은 말한다
새 무덤은 옛 무덤에게 보란 듯이 으스대고
옛 무덤은 시무룩이 풀죽어서
명함도 못 내고 고개 숙이고 있노라고
그러나 무덤들이여
오늘 내 앞에서는 그러지 말라
나는 적어도 요란히 꾸민 무덤 따위를 경멸하고
쓸쓸하고 외진 무덤에 연민을 느끼나니

우리가 정작 두려워해야 할 것은
이승의 판단을
저승까지도 우격다짐으로 끌고 가겠다는
저 속된 무리들의 얄팍한 분별

제 2 부

길

비바람 뿌리는
삼월 산중
때아닌 진눈깨비
휘몰아친다
실낱 같은
한줄기 길은
풍설 속의 숲으로
아슬아슬 이어져 있다
골짜기엔 수북이
쌓인 가랑잎

급한 마음
어서 질러가려고
등성이를 접어드니
무릎 찔러대는
가시덤불
핏방울 송글송글

빨간 망개열매 위에 떨어진다
망개들이 일제히
아우성친다

이건 길이 아니야!
바른 길을 찾아야 해!
길 아니면 가지 마!

한번 길 잃으면
되돌아갈 수 없고
그대로 앞을 뚫고 가려니
사방은 온통 가시숲
숲 속에 앉아
턱을 괴고 생각한다
지금 내가 가는
이 길은 무엇인가
나는 나에게 주어진 길을

어떻게 가야 하나

눈보라치는
삼월 산중
가도 가도
길은 먼 만리 숲

몸 고달프고
길 멀어도 나는 가리
땅 위엔 벌써
파란 풀들
뾰족뾰족 돋아나고
숲 어두워도 별은 뜨리니
이 길을 묵묵히
참고 또 가야만 하리
가노라면 내가
그토록 찾던 길도 만나리

어머니 품

포릇포릇 움트는
저 새싹들
산기슭을 온통 불그레 칠해오는
살구꽃 복사꽃이 이 어미다
네 가슴속의 말
네 아들딸들의 해맑은 눈빛
흰구름 둥실 떠가는 저 높푸른 하늘
쉬임없이 흘러가는 강물
네가 딛고 있는 발 밑의 흙덩이가
바로 이 어미다
아, 그 말씀 듣고 새겨보니
이 세상에 나를 둘러싸고 있는 모든 것이
내 어머니 아닌 것이 없어라
진작 어머니 포근한 품에 안겨서도
그걸 몰랐으니
나는 얼마나 바보 천치인가

연분홍 편지

누님, 올해도
복숭아꽃이 피었습니다
과수밭 복숭아나무의 잔가지들이
그해 봄하늘의 별떨기만큼 많은 꽃봉오리들을
달고 있습니다
멀찌감치서 보면 꼭 연분홍 지등을 켠 듯
누님이 시집 가시던 날
고운 두 볼에 찍어 발그레하던
연지곤지가 생각납니다
그리운 누님
어릴 적 누님은 저를 업고
복숭아꽃 활짝 핀 과밭에 들어가 나뭇가지를 잡고
어깨를 들먹이며 우셨지요
일찍 떠나간 엄마가 너무도 야속해 우신 것을
올봄 그 나무 아래에 서서야
비로소 알았어요
내 그리운 누님은

어느 바람 찬 하늘 밑에서
산등성이를 온통 연분홍으로 칠해오는
저 복숭아꽃을 젖은 눈으로
보고 계시는지요

어머님 임종날 생각

누나는 어머니
발치에 엎드려 울고
형님은 어머니 손목을 잡고 흐느끼고
아버지는 대청마루 기둥에
이마를 대고 어깨 들먹이는데
드디어 어머니는
요강을 가져오라 하시어
마지막으로 피오줌을 조금 누고
포대기에 싸인 채
윗목에 누워 있는 나를 향해 쓸쓸히 웃으시며
아무도 거두어주지 못할
저 어린것은 곧 나를 따라오겠지만
아직 제 앞가림 못하는
딸자식들일랑 계모 설움 받지 않도록
잘 보살펴주시어요
이런 말씀 마치고
홀홀히 저승길 떠나셨다는

어머니 임종날 방안의 광경이
그날로부터 사십년도 훨씬 지난 어느 늦가을
마치 눈앞에 보는 듯
생생하게 떠오르던 밤이 있었다

어 머 니

어머니와 내가
모자간의 인연으로 이 세상을
함께 살았던 시간이란
고작 열달
무슨 볼일 그리도 급하셔서 어머니는
내가 첫돌도 되기 전에
내가 땅에 두 발을 딛기도 전에
서둘러 가신 것일까
생각하면 때로
어머니가 야속하기도 하고
원망스럽기도 하지만
어린 핏덩이를 남기고 떠나실 즈음
어머니 심정이야 오죽하셨으랴
사진도 한 장 없고
어찌 생기셨는지 얼굴조차 모르지만
그 어머니께서
늘 내 속에 와 계시고

또 자식 옆을 잠시도 떠나지 않으시며
살아 계실 때처럼 이것저것
보살펴주신다는 것을
나는 안다

나 정 지

금릉군 구성면
상좌원 마을
나정지라는 이름의 골짜기에
어머니는 계십니다
한번 가신 후론
돌아올 생각 아예 잊으시고
온종일 양지바른 등성이에 나와 앉아
산 아래 옹기종기 벽계동 마을
사람 사는 집 지붕만 줄곧 사십여년을 바라보고 계
십니다
비가 오고 눈이 내려도
피할 생각조차 아예 않으시고
그 눈비를 그냥 이마에 맞으며
마을 쪽만 보고 계십니다
그러할 때
어머니가 누구 생각에 잠겨 계시는지
굳이 말씀을 아니하셔도

저는 압니다
어머니

새해 새 아침에

어머니
일찍 일어나시면 저를
깨워주셔요
꼭이에요
내일은 일년 열두달 중에서
가장 맑고 밝은
아침, 그 아침을 제가 맞이해야 하거든요

어머니
찌푸린 얼굴로 뒤돌아보지 마셔요
늘 비탄과 한숨에 젖어 계시던
그 눈물도 이젠 거두셔요
지난날의 재앙
가슴을 졸여오던 괴로움
그토록 모질고 피어린 수난의 시간은
어둠속으로 황급히 사라지는 고양이의 꽁무니처럼
지금 저렇게 달아나고 있잖아요

어머니

새해 새 아침의 밝은 햇덩이가

동해의 푸른 물 속에서

방금 떠올라 물방울을 뚝뚝 떨어뜨리고 있지 않습
니까

잠든 갈망을 소생시키고

고독과 을씨년스런 영혼이 물러간 아침

사람들은 화안한 웃음 머금고

희당의 돌층계 위에 서서 일제히 저 해를 바라보고
있어요

어머니

제가 사랑하는 어머니

당신을 위하여 저는 보람이 가득 담긴 꽃바구니를

안겨드리고 싶어요

교단을 버리고

인간의 도리를 되찾을 거예요
몸을 소중히 다루고
분별없는 탐욕은 버릴 거예요

어머니
간밤에 눈이 내렸어요
이 아침 온 세상은 모두 흰빛이에요
아, 어머니 저 눈 덮인 광야를
참으로 기쁜 소식 안고 숨차게 달려오는 누군가가
있어요
가슴 메어질 듯하는 감격 앞에서
어머니께서는 기어이
오오래 참았던 눈물을 주르르
쏟고야 마시는군요

팔려가는 소

그 소는 화물자동차의
짐칸에 실려서
커다란 눈알을 연신 꿈뻑거리며
정든 외양간 쪽을 자꾸 돌아다보곤 하였다
먹다 남은 여물
아침에 눈 똥도 그대로 있는데
옛 주인은 소 장수와
셈을 따지느라 정신없다
웬 청년 하나가
혼자 무어라고 중얼거리며
밧줄로 칭칭 짐칸 뒷문을 비끌어맨다
혹시라도 문이 열려서
달리는 중에 떨어질까봐 그러는 것일 테지
이제 저 소는 어디로 가나
저 소는 오늘 밤 어디서 고단한 무릎을 쉬나
여물은 또 뉘 집에서 먹누

팔려온 소

상철씨 집에
새로 들여온 소가
밤새도록 움메에 하고 우는데
그 슬픈 소리를 줄곧 듣자니 마음이 어수선하다
아직 코도 꿰지 않은 목매기라
낯선 외양간이
어린 소는 그리도 서먹했던 게지
상철씨 말로는
저렇게 한 며칠은 울어야
새집에 정이 붙고 여물도 먹는다고 했다

짐승도 살던 집 떠나와
저리 불안하여 잠 못이루는데
서울로 간 우리 막내는 어찌 지내누
아무리 먹여주고 재워준대도
세차장에서 종일 차만 닦는다는데
손은 퉁퉁 불어 있고

44

젖은 옷은 마를 날이 없다는데
처음 집을 떠난 놈이……
여인은 외양간 쪽을 보며
주먹으로 연신 눈가를 문지른다

다랑쉬굴

무주공산
하도 처참해서
바람도 숨죽이며 불어가는 곳
저 캄캄한 동굴 속에
지난날 토벌대에게 학살당한 주검들 있나니
제주도 구좌읍 중산간지대
다랑쉬굴에는
행여 연기라도 새어나갈세라
불빛이라도 보일세라
조심조심 밥 지어먹었을 가마솥 두개
깨어진 항아리
요강단지
녹슨 비녀
늘 끼던 안경 혁대 신발들 옆에
서로 부둥켜안고 숨져간
하얀 해골들 누웠나니
비 오고 바람 부는 수십년 세월

하도 억장이 막혀
혼령도 저승길 못 가고
지금껏 굴 주변을 울며 헤매이나니

어떤 풍경

왜 우리나라의 나이든 어른들은
그 모양들일까요
그날도 조카의 결혼식 끝에
모처럼 만난 기쁨으로 술상 앞에 둘러앉아
이 노래 저 노래를 박수치고
돌려가며 부르다가
결국은 일본 노래가 터져나오고 말았지요
특히 노래 잘하는 바람으로
젊어서 화류계에 돈깨나 뿌리고 다녔다는
환갑줄의 사촌형은
눈 지그시 감고 짐짓 의기양양한 얼굴로
소싯적에 배웠다는 일본 노래를 연속해
여러 곡을 쉬지 않고 부르다가
드디어는 일본 국가인 기미가요까지 뽑고 말았지요
그게 무슨 자랑이라고
대개들 젓가락 장단을 맞추고
발을 구르며 어깨춤 추며 따라 부르는

옛 추억에 상기된 표정들이 참 가관입디다
나는 물끄러미 그들을 지켜보았습니다
이거 해방 오십년 되어가는 우리네 꼴이지요
그렇게 무참히 짓밟히고 당하고서도
무엇이 그들로 하여금
이토록 식민지의 추억으로 빠져들게 하는 것일까요
왜 우리나라의 나이 많은 어른들은
대체 이 모양들일까요

훌라후프가 있는 풍경

아파트 앞 창문으로
내려다보니
딸아이가 공터에서 혼자
훌라후프를 돌리는 모습이 보인다

딸아이의 허리에서
훌라후프는 기우뚱거리면서도
그냥 그대로 돌아가는
이 삐걱거리는 세상처럼 불안하게 돌아간다

여리디여린 딸아이가
저 혼자 헤쳐가야 할 험한 세상을 생각한다
불어온 한줄기 바람이
딸아이의 머릿결을 쓸어올린다

잠시 후에 보니
어두컴컴한 즈이집 부엌에서

필시 혼자 점심을 먹고 나왔을 미림이가
딸다이와 함께 어울려
신나게 훌라후프를 돌리고 있는 모습이 보인다

두 개의 훌라후프에 실려
오후의 햇살은 재잘거리며 반짝인다
어느 틈에 동네 아이들도 모두
훌라후프를 들고 나와 일제히 빙글빙글
돌려대는 모습이 참 장관이다

상전벽해

우리 마을
사람 사는 모습을 유심히 봅니다
지금 부자란 소리
듣는 집은 대개 과거에 남의집살이 하던
머슴들입니다
학교라곤 문앞에도 못 가보았고
제 이름자도 쓸 수 없지만
일 하나만은 억척으로 합니다
열심히 일하고 모아서
주로 주인집 논밭만 하나 둘 사 모았습니다
그 부자들 사는 걸 보면
지난날 자기가 뼈빠지게 일하던 논밭을
이젠 제 땅으로 밟고 다니는 즐거움
거기다 옛 상전 깔보는 재미로 사는 것 같습니다
그들은 마을 길을 큰기침하고 다니며
열이면 열 사람이 모두
후련하고도 흐뭇한 표정들을 짓고 있습니다

52

지금 어렵게 사는 집들
대개 지난날 머슴 거느리고 살던
부자들입니다
번성했던 옛 추억만 까먹고 앉아
오그가는 사람들 가리키며
저늠들 지금 제 수중에 돈 좀 있다고 뻐기지만
대개 우리 집 종살이하던 것들 아닌가
때꺼리가 떨어졌다고
새벽부터 바가지 들고 와서 양식 빌던 것들이 아닌가
그러나 막상 만나서는
옛 머슴 앞에 굽실굽실 어색하게 웃음짓는
바르 그 사람들입니다
옛 머슴들에게 사채를 얻어쓰고
몇년째 갚지 못하고 있는 사람들입니다
아 세상 일이란 무서운 것입니다
뽕밭이 바다 되고 바다가 뽕밭이 되는
세상 일이란 정말 알 수 없는 것입니다

제 3 부

봄

이 아침
햇살이 밝다
분홍 동백 한그루 사와
뜰마당에 심었다
겨우내 우울증에 시달리던 허경행씨도
모처럼 과수밭에 나와
분무기로 노오란 유황을 뿌려댄다
묵은 감나무라도 베는지
어디서 전기톱소리가 요란타
들판을 가득 메운 아지랑이 틈으로
술 없이는 하루도 못사는
뒷집 봉도씨가 벌써
취한 비틀걸음으로 걸어오는 것이
아른아른 보인다

달래 할머니

아들네들 도시로 떠나고 없는
빈 집에 혼자 남아서
마당에 달래를 심어놓고 한번씩 그 달래를 뽑아다가
시장으로 팔러 나가는
한 할머니를 나는 압니다
때로는 버스를 타고
도심지 아파트 앞까지도 간다고 합니다
이제 이 봄이 가고 나면
할머니는 시장에 나가 팔 것이 변변치 않습니다
그런 날 할머니는 툇마루에 나와 앉아
혼자 떠돌다가 할머니 주는 밥에 아예 정을 붙여버린
한쪽 발 없는 고양이를 무릎에 올려놓고
종일 등만 쓰다듬을 것입니다
달래야 달래야
더디 지거라 더디 지거라
할머니 시장가실 날이 하루라도 더 많도록

신천 할부지

가랑비는 오는데
신천 할부지 내외분이 다릿걸에 서 있다
발 앞에 웬 쌀자룬가 물어보니
서울 아들에게 부치려고 경산역에 가는 길이라 한다
버스 올 때가 지났는데
여태 안 온다고 한다
출근 시간이 빠듯했지만 나는
쌀자루와 신천 할부지 내외분을 모시고
경산역 수하물계까지 들러서 갔다
그날 저녁 날 저물고
개가 하도 요란히 짖어 나갔더니
대문 앞에 배추랑 무 몇단을 내려놓고
황급히 달아나는 분이 계시었다
보니 신천 할부지였다

여 름 밤

뒷집 봉도씨가 죽었다
아두도 없는 텅 빈 집의 오후
그는 그의 죽음을 혼자서 맞이했다
공장 갔던 그의 아내가
저둘어 돌아와서 이미 영혼이 떠나가버린
남편의 육신을 보았다
저녁이면 들판의 염소를 몰고
취한 비틀걸음으로 들어오던 대문에
희미한 조등 하나가 걸렸다
군에 간 아들이 돌아와
촛불 앞 그의 애비의 사진을 지키고 섰고
상집이래도 찾는 이 하나 없다
무논에서 개구리 울음만 자지러지는 밤
나는 쓸쓸한 빈소를 찾아가서
이제서야 편안한 표정을 짓고 있는
사진 속 그의 얼굴을 보았다
농사를 짓다가 도시의 청소원으로

청소원에서 알콜중독자로
드디어는 망가진 몸으로 한 생을 마감한
이 시대 농민의 얼굴을 보았다

술꾼 봉도

흰 눈은 나려
고죽 마을을 덮었는데
새알산도 하얗고
밭엔 못 뽑은 배추가 그대로
눈 뒤집어썼는데

이런 날 봉도는 술 생각이 나서
땅 속에 어찌 누워 있나

속알못 쪽
봉도 무덤으로 가는 길도
이미 눈에 파묻혔다

오늘 같은 날
봉도는 필시 누웠던 땅에서 일어나
머리에 눈을 맞으며
주막집으로 혼자 터덜터덜
걸어가고 있으리라

봉도네 집

술꾼 봉도가 죽고
봉도네 집에는 평화가 왔다
매일 조석으로
어미와 아비
아비와 자식이 어우러져
한판씩 싸우던 집이
이젠 큰물 나간 뒤처럼 조용하고
어쩌다 들리는 소리라곤
최 빈 밥그릇을 엎어놓고 앞발로 굴리는
심심한 강아지놈의 장난뿐이다
뿔 만드는 공장에 나가는
봉도댁의 걸음걸이가 어쩌면 저리도 활기찬가
아들딸네 모두 일터에 나간 빈 집
이런 때 봉도는
지게문을 슬며시 열고 들어와
안따고 버려둔 감도 따고
마당도 치우고 염소에 풀도 주고

마시다 남은 소주를 사발에 가득 부어
벌컥벌컥 달게 마시고
손등으로 입가를 쓰윽 문지를 것이다
그리곤 아내가 오기 전에
얼른 제 무덤으로 돌아갈 것이다

매맞은 여인

소사료를 대중없이 퍼준다고 꾸중
저녁쌀 많이 씻는다고
저년 손큰 년 하고 시어머니한테 꾸중
이래 꾸중 저래 꾸중
꾸중 속에 살아가는 한 여인이 있다
우리나라 여성들이 대개 그렇듯
그녀에겐 말숙어미라는 호칭이 가진 것 전부다
일 하나만은 억척으로 해서
괭이질 하는 그녀의 손이 조금도 쉬질 않는다
앞들 뒷들 땅도 늘어가고
외양간의 소들도 새끼를 잘 배지만
문제는 그녀의 처지가
자기 집 강아지와 다를 바 없다는 것이다
오늘도 골목을 서성이는 걸 보면
시아버지께 두들겨 맞고 나온 것임에 틀림없다
그 말숙어미 무슨 맘이 들었던지
지서에 뛰어가서 고발했다고 한다

폭력범 체포하러 온 순경이 피식 웃고 돌아간 뒤
봄비는 줄줄 오는데
말슥어미 집에도 못들어가고
그냥 감나무 밑에서 비 맞고 섰다

슬픈 서동영감님

서동영감님 방아 찧으러 가신다
경운기 소리만 들어도 나는 그가 누군가를 안다
농약상에서 농약 많이 써달라고
선물로 하나씩 주고간 '주령'모자를 단정히 쓰고
앞을 뚫어져라 지켜보며 방앗간으로 행차하는 서동
영감님
그가 한때는 술이 과했었다
내가 퇴근길에 미산 숲을 지나오다 그와 만나면
딱 한잔만 하고 가라고 소매를 잡았다
그의 부탁을 안들어준 것이 마음에 찌인하다
서동영감님이 한참 안보이던 한달간
그는 경산 큰 병원에 가서 개복수술을 받았다고 한다
의사가 배를 열고 보니 이미 암세포가
확 퍼져 있었다고 한다
손도 못쓴 채 다시 꿰매고 돌아왔는데
가족들은 이 사실을 낱낱이 알리지 않았다고 한다
퇴원 후 새로운 삶에 의욕을 얻은 서동영감님

그제사 그토록 즐기던 술도 끊고
늘 뙤약볕 속에 밭에 나와 봄 준비를 하고
엊그제는 마을 봄놀이에 끼여 거제도까지 다녀오고
오늘은 또 아침 일찍 방아 찧으러 간다
아, 그러나 이젠 너무 늦었구나
그의 뱃속엔 암세포가 호송 간수처럼 따라가는 걸
작년엔 어린 손주를 비명에 잃고
올해는 또 자신마저 서둘러 떠나야 하는
서동영감님, 슬픈 서동영감님

유황을 뒤집어쓴 허경행씨

퇴근해서 마악 대문을 따는데
머리 끝부터 발 끝까지 노오란 사람 하나가
등 뒤에서 인사를 한다
보니 허경행씨다
진종일 복숭아밭에 유황을 뿌리고 오는 길이라 한다
엊그저께 마을 앞에 나와서
드럼통에 한가득 무얼 줄곧 끓이더니
그게 바로 유황이었다고 한다
사람으로 말하면 온몸을 깨끗이 씻고 보약도 먹듯이
나무도 유황을 해야 비로소
제 구실을 해낼 수 있다고 한다
하기야 나무의 구실이 따로 무엇이랴
아무쪼록 냉해 병충해 따위를 거뜬히 이겨내고
온 나뭇가지가 휘어지도록 탐스런 열매가 많이 매달려
허경행씨의 주름진 살림에
다소 윤기가 자르르 퍼지도록 하는 것이지
눈꺼풀에도 소복소복 유황가루가 얹혀 눈도 제대로

못뜨면서
  자꾸만 이런 사정을 이야기해주려는 그를 보다못해
  어서 집에 가서 몸부터 씻으시라고
  나는 그의 등을 떠다 밀었다

함께 먹는 밥

아침 일찍 전화벨이 울려
받고 보니 허경행씨다
간밤이 선친의 입젯날이라 아침이나 같이 하잔다
늘 하던 경행씨의 말투처럼
차린 것 별 것 없고 '장카 밥카'뿐이란다
된장하고 밥뿐이라는 그의 이 말엔
천년이 넘도록 내려오는
우리 조상님들의 인정과 겸양이 묻어 있다
각색 나물에 탕국에
돔배기와 고등어찜에 떡과 과일
마을 이장이 맨 먼저 와 있고
뒤이어 초동영감님과 남진씨가 들어온다
집집마다 모두 기별했건만
온 사람은 모두 다섯
주인과 객이 서로 술을 권하며 둘러앉아 아침을 먹
는다
어제 과음했다는 남진씨는

배가 아파 연신 들락날락
이장은 아침 초대에 오지 않은
몇몇 사람을 나무란다
조촐한 동네 음복일망정
벽에 걸린 경행씨 부모님의 흑백사진이
흐뭇한 얼굴로 내려다보고 있다

봄   눈

오늘 바람이 퍽 차다
대문을 고친다고 뚝딱거리는데
두 볼이 얼얼하다
겨우겨우 끝내놓고 방에 와 앉으니
창 밖은 눈이다
새알산이 온통 희뿌옇다
눈은 바람에 날려 한줄기 대각선으로
동쪽 담장을 성큼 넘어간다
한순간 바람이 멈칫 하면
눈도 따라서 고죽 상공에서 주춤거리며
낮게 엎드린 마을을 굽어본다
갑자기 자욱한 눈보라에
소주 생각도 나고 마음이 싱숭생숭
나는 허경행씨 집으로 간다
거기선 마침 논을 팔고 산 성근이와 윤칠이가
계약서에 도장을 찍고
돼지고기를 구워대는 참이다

소주 한잔 얻어먹고 돌아서 나오니
덧없는 봄눈이 그새 그쳐버렸다

이 강산 낙화유수

일년 내내 허리 구부리고
바람도 세찬 고죽 골짝에서 일해온
우리 마을 농민들이
모처럼 봄놀이를 간다
대절한 관광버스가 마을 앞으로 들어오며
경적 소리 우렁차게 울려대는 새벽
사람들은 모도들 말쑥하니 차려 입고
종종걸음으로 달려나온다
남루한 작업복 속에서 늘 경운기 몰던 윤칠이
까만 정장으로 한껏 멋을 낸 그의 아내
고죽 살다 미산으로 이사간 필두
위 수술 받고 퇴원한 지 두어달 된 서동영감님하며
따라갈 수 없는 줄도 모르고
덩달아 뛰어나온 고능댁 복슬강아지까지
마을 앞은 잔칫날처럼 잠시 법석이다
차가 출발하자마자 오늘 유사를 맡은 필홍씨
됫병 소주를 뚝 따서 그 병마개를

목공이 귀에 연필 꽂듯 귓등에 사뿐 꽂고
종이컵에 소주 한잔씩 그득 부어 권하고 다니는데
남도의 어지럼증 나는 봄햇살을 가르며
관광버스는 달려가고
사람들도 차츰 흥이 달아올라
기어이 비좁은 통로에 서서 이 봄을 흔들어댄다
우루과이니 영농자금이니 하는 따위들은
적어도 이 순간만큼은 잠시 잊자
이 강산 낙화유수 흐르는 봄에
그 누군들 깊은 가슴속 묻어둔 슬픔 없으리요마는
떠나간 사람을 못잊어하는 그대 마음처럼
우리는 춤추며 속으로 울리라
소주에 취해 노래하리라

요즘 농촌

봉도 죽고
봉도 살던 집은
논까지 끼워서 팔려고 내놓았다
예수 믿는 상철씨는
새마을 지도자에 농민 후계자인데도
집 팔고 도시로 나가서 살고 싶어한다
이장 태어난 집터는
막내 아들
아파트 중도금 재촉이 심해서
팔아달라고 부탁이다
집집마다 대개 팔고 나갈 생각들이지만
그러나 부동산 경기도
한물 간 뒤라
누가 거들떠보기나 하랴
눈을 감으면
사람들 모두 떠나고
아무도 없이 썰렁한 고죽 마을이 떠오른다

퇴 근 길

야간 학생들을 가르치고
늦은 밤길을 달려 집으로 간다
몸은 지치고
마음도 피곤하다
어서 가 쉬고 싶다
그런데 차가 미산 마을 떡갈나무숲을 지날 때
어둠 속에서
웬 할머니 한분이 차를 세운다
그는 나에게 안골 동네로 가지 않느냐고 물었다
나는 고개를 끄덕이며 그를 태웠다
그의 집까지 가려면 내 집 앞을 지나쳐 가야 한다
이 찬바람 부는 밤길에
혼자 가시려면 얼마나 고통스러울까
고죽 안동네에서 그는 내리며
'이렇게 생광스러울 수가……'라고 말했다
나는 돌아오면서 이젠 거의 잊혀진
'생광스럽다'라는 우리 말의 은근한 여운을
한참 생각해보았다

고죽리의 밤

이 산중에서는
아무 소리도 들리지 않는다
산골에서도 사람들은 초저녁에 대문을 닫아걸고
땅거미 속에서 저절로 보안등이 켜지면
상철씨네 집 외양간에서 늦은 여물을 먹는
소들의 콧김 소리만 들려올 뿐
이따금 안동구씨네 집 개 짖는 소리만 들려올 뿐
고죽 마을은 삽시에 조용하다
등불을 켜고 나는 책상 앞에 가 앉는다
어느 멀고 먼 길을 걷고 걸어서
나는 지금 여기에 와 있는가
이곳은 이승의 내가 잠시 머무는 쉼터
얼마만큼의 길을 나는 앞으로 또 걸어가게 될 것
인가
이런 생각들을 하며
내가 혼자 시를 쓸 때에도
고죽 하늘은 금방 잠 깬 아기의 눈처럼

별 총총하고
깜깜한 밤이 깊어만 간다

제 4 부

꽃핀 날

꽃은 꼬리에 꼬리를 물고 핀다 노오란 산수유가 제일 먼저 꽃을 달고 참꽃 벚꽃 밥풀꽃 조팝꽃이 줄을 잇는다 과수원 많은 경산 용성 고죽 마을도 온통 연분홍 복숭아꽃에 덮였다

대구 사는 허경행씨의 딸과 며늘네도 아이들이랑 함께 와서 이 봄을 영원히 잊지 못하겠다는 표정으로 여러 장 사진을 찍었다 어려서는 천석꾼 집에서 꼴머슴을 했고 왜정 때는 하양의 일본놈 지주 밑에서 머슴을 살았다는 초동할배도 이 봄에 미소 띤 얼굴로 삐걱거리는 자전거를 타고 외출길에서 돌아온다

평소 눈도 주기 싫던 쓰레기장 부근은 만발한 복숭아 꽃더미에 둘러싸여 보이지 않는다 골목에서 만나는 마실 사람들도 일년 중 이때만큼은 얼굴에 환한 꽃 핀다

새 알 산

어느 해였다던가 앞산 끄트머리까지 물이 찰랑거리
도록 큰 비가 와서 산꼭두배기 새집 속의 새알 바로
언저리까지 물이 차올라왔더라는 이야기가 있었다 그
로부터 새알산이 되었다던가

가파른 악산 기를 쓰고 번져가는 아카샤나무에 조선
소나무의 영토는 자꾸만 줄어든다 나는 불원간 새알산
꼭대기로 한번 올라가야겠다고 다짐한다

소쩍새가 저 혼자서 목이 메는 깊은 밤이면 나는 이
고죽 마을을 덮고 새알산 꼭두배기까지 찰랑거리는 바
닷속 같은 고요를 본다 이 마을 사람들은 어려서부터
고요에 인이 박였다 묵묵히 산을 내다보는 노인과 풀
뜯다 고개 들고 바람 소리에 귀기울이는 저 염소까지
도

허경행씨의 이빨 내력

웃을 때 부러진 앞니가 묘하게 드러나는 허경행씨를
나는 안다 그의 이빨 내력은 이렇다 수년 전 정월 대
보름날 마을 농악대가 동네바닥을 바람처럼 휩쓸며 다
닐 때 그는 상쇠잡이었다

한창 신바람나게 꽹과리를 치던 그가 어쩌다 손에
든 채를 놓쳐버렸것다 그래서 구부려 채를 잡자니 농
악의 흥이 깨어지고 꽹과리를 치자니 채는 없고 그 순
간 허경행씨는 꽹과리를 앞니에 대고 두드렸다

채로 치는 것보다 소리는 좀 못했지만 농악꾼들은
더욱 신명이 나서 흥을 돋우었다 허경행씨는 이빨 부
러진 줄도 모르고 얼굴에 꽹과리를 두들겼다 앞가슴은
온통 흘러내린 피로 붉게 물들었다

이날 농악은 상쇠잡이 덕에 완전히 살아났다 제 이
빨을 부러뜨리면서까지 소임을 다한 허경행씨는 얼마

나 멋진 사람인가 나는 때때로 이빨에 대고 두들기는
상쇠잡이의 농악을 바람결에 듣는다

허경행씨의 노래 반주

가슴에 슬픔 많은 환갑줄의 허경행씨와 둘이 앉아 밤 늦도록 한잔 한다 마당 거름더미 위에 눈은 푹푹 쌓이는데 경행씨는 이 무참한 개방시대에 농사해갈 걱정 대출받은 마을금고의 이자 막을 걱정 요즘 들어 부쩍 병원 출입 자주하는 아내 걱정 새끼 든 소가 수송아지를 낳알 텐데…… 라는 아직 태어나지 않은 송아지 걱정까지 하면서도 일찍 죽은 아들과 일평생 불구로 살았던 아배 이야기만큼은 건드리지 않는다

나는 경행씨로 하여금 그가 잠시나마 시름을 잊어버리도록 노래를 한번 불러보는 게 어떠냐고 말한다 우리의 허경행씨는 지난날 군예대 출신 기타와 손풍금까지 만진 경력이 있으니 만약 악기가 있다면 이 밤 얼마나 즐거우리 다행히 그의 집 방 한켠에는 줄 끊어진 낡은 기타 한대가 서 있어 나는 경행씨를 재촉하여 어서 악기를 잡으시라고 권한다 경행씨는 몇차례나 사양하다가 드디어 악기 위의 먼지를 훅 불고야 만다

1번 선이 끊어져 '도' 음을 낼 수 없는 그의 기타반
주에 맞추어 나는 남인수를 부르고 백년설도 부른다
차츰 허경행씨는 신바람이 오른다 그의 이마가 흘러내
린 땀으로 번들거릴 무렵이면 내 노래를 따라 경행씨
도 그의 약간 쉰 듯한 목소리로 함께 부른다 야속한
지난날들의 후회 설움까지 잔뜩 실어서 경행씨의 노래
는 한껏 달아오른다 이쯤에서 나는 슬그머니 비켜서서
경행씨의 노래를 듣는다 미간을 찡그리고 혼신의 힘으
로 노래하는 그의 얼굴은 온통 땀범벅이다 비록 줄 끊
어진 기타이긴 하지만 이처럼 멋진 반주와 노래를 여
기 말고 어데 가서 들어보기나 하리

속 알 못

　허경행씨는 속알못 이야기만 나오면 얼굴이 흐려지
고 부인도 끝내 눈가에 눈물까지 맺히고 만다 국민학
교 삼학년에 다니던 막내아들이 이 못에 빠져서 죽었
기 때문이다 벌써 이십년도 훨씬 전의 일이다

　지금도 허경행씨의 막내아들은 자기 부모의 가슴에
무덤을 파고 거기에 들어가 산다 그 아이는 제 부모의
가슴속에서 아무리 세월이 흘러가도 전혀 나이를 먹지
않는다 허경행씨는 자기가 척추카리에스로 고생하는
것도 아내가 원인 모르게 온몸이 늘 아픈 것도 팔려고
내어놓은 과수원이 오래 질질 끄는 것도 모두 이 막내
의 죽음 때문이라 생각한다

　안방 바람벽에 걸려 있는 신주단지와 함께 누워 자
면서 캄캄한 밤, 허경행씨는 속알못 쪽에서 들려오는
개구리 소리를 듣는다 처마 끝에 소낙비 투닥거리며
지나가는 한 많은 봄밤

고 양 이

지난 해만 해도 고양이가 많더니 올 봄 들어 고양이
소리 듣기도 힘들다 고양이소주가 신경통에 좋다는 소
문이 나서 쇠우리를 오토바이에 싣고 다니는 개장사들
이 고양이까지 다 쓸어간다고 했다

늘 집부근을 돌아다니던 낯익은 고양이가 어느날 헛
간 쪽에서 나오는 걸 보고 거기를 뒤지다가 나는 탄성
을 질렀다 버려둔 쌀통 안에 다섯마리의 눈도 뜨지 않
은 고양이새끼가 콜콜 자고 있는 것이 아닌가 낳은 지
한 사나흘도 채 안된 것 같다 어미는 그날 안으로 쥐
새끼들을 한마리씩 물고 어디론가로 사라졌다

오늘 아침 밭에서 지심매다가 보니 딱해라 어쩌다
불구가 되었는지 한쪽 발 없는 고양이가 담장 위를 살
금살금 기어가고 있다 나는 고양이 소리를 시늉해 내
어본다 그놈은 가던 걸음을 멈추고 이쪽을 매섭게 노
려본다

바   람

　땅 속 개구리의 잠이라도 깨우려는지 경칩 무렵에
부는 밤바람은 그악스럽다 갈쿠리로 땅바닥의 모든 것
을 휩쓸어 가려는 듯 저 바람은 지축을 울리며 불어가
고 또 불어온다

　바람이란 무엇인가 밤잠을 설치던 우주가 새벽녘에
혼자 일어나 앉아 멍하니 벽을 보다가 피우다 남은 꽁
초 담배에 불을 당기며 저 가슴 밑바닥에서 깊이 내뱉
는 한숨 소리인가 인간의 삶도 기실 이런 숨을 내쉬며
살아야 할 때가 왕왕 있는 것이다 우리 고죽만 해도
그런 사람이 많다 이 바람은 지난해 봄에 금이 간 블
록담을 하수구로 처박았고 올해도 그냥 가기가 심심하
다는 듯 남쪽 울타리를 넘기고야 말았다

　나는 새벽 두어시에 잠이 깨어 무서운 밤바람 소리
를 들으며 그 기세가 어느 집 담이라도 넘기겠구나 하
며 남의 집 걱정을 했다 그런데 웬걸 날샌 뒤 방문을

열고 보니 우리집 담장이 넘어가 있었다 쓰러진 담 위
를 새들이 저공비행으로 이게 웬일이냐는 듯 즐거운
비명을 지르며 날아다녔다

고죽 개울

　수백년을 흘러가고 흘러왔을 개울바닥은 이제 물이
거의 흐르지 않는다 여름 늦장마가 제법 힘찬 물줄기
를 몰고와 온갖 쓰레기들을 어딘가로 쓸어간 며칠 뒤
면 곧 쇠지랑물만 쫄쫄쫄 흘러가는 실낱 같은 개울로
돌아간다

　이 고죽 개울에 서동댁 삼대 독손자 병준이가 빠져
죽었다 즤 할머니가 포도밭에서 포도따기에 정신이 없
을 때 낮잠에서 깬 네살배기 병준이는 혼자 할미 찾아
간다고 울며 가다가 실족해서 차디찬 물 속에 엎어져
죽었다

　마침 계남댁 사위가 일동저수지에 낚시 다녀오다가
개울 쪽을 보았는데 누가 봉제인형을 저기다 버렸누
꼭 사람 같군 하며 그냥 지나쳤다고 한다 늙은이들만
오글오글 남아있는 고죽 마을에서 병준이는 어린 희망
이요 무던한 낙이었는데 이젠 그 희망과 낙이 사라졌다

새벽 개가 달을 보고 컹컹 짖는 미명 서동댁 할머니
는 그때까지 잠 못이루고 이리 뒤척 저리 뒤척 돌아누
운 그녀의 눈가에 새로 맺힌 더운 것이 콧등을 타고
쭈르륵 흐른다 말없이 술만 퍼마시다가 드디어 개복수
술까지 받고 퇴원한 서동영감도 깡마른 얼굴로 눈 부
릅뜨고 컴컴한 천장만 바라본다

집 수리하던 날

　포크레인의 삽날 한방에 수십년 된 초당은 어이없이
무너져내렸다 마당 가득 버섯구름처럼 뿌옇게 피어오
르는 흙먼지 이웃 과수밭에서 한창 익어가는 사과들이
고즈너기 눈을 감고 무얼 생각하다가 각중에 먼지를
흠빡 뒤집어썼다

　무너진 흙더미에는 벽장 안을 발랐던 빛 바랜 신문
이 보인다 '싱가폴 함락'을 알리는 왜정 말기의 매일신
보도 있고 '소련군 체코침공'이라는 커다란 일단기사는
한참 뒤의 것이다 서까래는 벌레 구멍이 솜솜 뚫린 채
로 맥없이 부러지고 그 틈서리에 까아만 털의 박쥐 한
마리가 죽어 있다 정오의 따가운 햇살 하나가 죽은 박
쥐의 가슴으로 꽂힌다

　이놈은 엊저녁만 해도 앞마당 하늘 위를 혼자서 날
아다녔다 오오랜 날들을 어두운 지붕 밑에 숨어서만
살아온 지금은 죽은 박쥐를 나는 본다 집 무너진 자리

는 박쥐와 더불어 처연하다 지나간 세월의 쓸쓸함과
덧없음 그리고 이 머슴방에서 남의집살이 하던 사람들
의 고단한 초저녁잠과 한숨, 때묻은 베갯잇을 자주 적
시던 눈물까지도 낡은 흑백영화의 한장면처럼 아련히
보인다

구두공장 사장님

목발 살 돈이 없어서 옛날에는 벌레처럼 땅바닥을
엉금엉금 기어다녔다는 지금은 겨드랑에 목발을 짚고
걸어서 다니는 승우씨를 나는 본다 이런 그를 고죽 사
람들은 사장! 사장! 하고 부른다 여기엔 그만한 내
력이 있으니

소년 시절에 승우씨는 면소 앞에서 구두를 닦았다
구두코에 광내는 일을 십년 넘어 했던가 이렇게 아등
바둥 돈을 모아 새알산 밑에 밭뙈기를 장만하고 장가
를 들었다 새댁은 몸 반쪽이 불편하고 귀도 절벽이지
만 아랫도리는 성한 아가씨였다 그후로 마을 사람들은
장가든 구두닦이 승우씨를 일계급 특진시켜 승우씨는
일약 구두공장 사장님이 되었다

오늘 그 사장님 내외분이 자기네 포도밭에 쓸 말뚝
장만하는 광경을 보았다 따사로운 봄볕 쏟아지는 새알
산 언저리에 마주 앉아서 사장님은 톱질하고 사모님은

통나무를 꽉 붙들고 있었다 소리를 못듣는 사모님이
답답해진 사장님께서 무어라 지시하는 큰 고함소리가
온 산에 쩌릉쩌릉 울려퍼지었다

새 한 마리

조용한 방에 혼자 우두커니 앉아 있노라면 바깥 창
문에서 투욱툭 노크하는 듯한 소리가 들려온다 또 그
놈이로구나 문틈으로 살며시 보니 긴 꽁지를 들었다
내렸다 하며 날씬한 몸에 검은 색 등을 지닌 새 한 마
리가 절구통 언저리에 앉아 있다

나는 너의 이름을 모른다 귀염성스럽게 생긴 너는
왜 푸른 숲과 들판을 버려두고 자꾸만 사람 사는 집
유리창에 와서 온몸을 투욱툭 부딪는 것일까 유리창에
비친 청산 속으로 너는 한사코 들어가려고 한다 들어
갈 수 없는 청산을 기를 쓰고 들어가려는 것이 저놈의
불행한 운명인가

소리를 질러서 쫓아버리면 기껏 사랑채 기왓골 위로
달아나서 이쪽을 내려다본다 유리창 속에는 그가 끝내
포기하지 못하는 그리운 청산이 있고 차디찬 유리 위
에는 어지러운 새의 발자국과 필시 그의 작은 몸뚱이

에서 묻어나왔을 핏방울이 빨간 도장처럼 찍혀 있다
나는 방으로 돌아온다 그러나 새는 내가 잊고 있있던
슬픈 기억을 떠올리기라도 하려는 듯 금방 투욱툭 창
문을 두드린다

식   칼

　고죽 마을로 이사가서 맨 처음 집안 구석구석을 둘
러보니 사랑채 뒤꼍 담벼락 그늘에 식칼 하나 거꾸로
꽂혀 있다 손잡이는 땅에 묻히고 붉은 고추를 덮씌운
칼끝은 하늘을 향하고 있다 보아선 안될 저 흉한 독버
섯 ! 한참 보고 있노라니 어느 틈에 등엔 소름이 돋고
양미간이 쩌르르하다 대관절 이 무슨 칼인고

　먼저 살던 주인은 내력을 속 시원히 말해주지 않고
그냥 수상하게 웃기만 한다 자기네 집안의 수치스런
일인데도 누가 옆에서 귀띔까지 해준다 서로 사촌간인
두 집은 땅 문제로 원수가 되었다 길에서 만나도 본체
만체 하고 또 칼을 묻어서 저쪽에서 오는 살기를 막고
생기를 꺾었다고 한다 무서운 일이다 들리는 말에는
저 집에서도 칼끝이 이 집을 향하도록 묻어두었다지,
아마

　무엇이든지 제자리에 놓여 있지 않은 것은 흉하다

100

식칼도 정갈한 부엌 도마 옆에 가지런히 놓여 있을 때
가 가장 보기 좋다 나는 그 을씨년스런 광경을 대뜸
손대기도 께름칙하고 그래서 며칠을 망설이다가 어느
날 아침 드디어 용기를 내어 그 벌겋게 녹슨 식칼을
뽑아서 쓰레기통으로 휙 던져버렸다

착   각

아침 나절에 승합차가 한대 마실 쪽으로 꺾어 들어
와 우리집 대문 앞에 선다 주차 브레이크 소리가 끄르
륵 나고 한떼의 아낙들 웃음소리가 쏟아지는 품이 필
시 우리집 손님이다

영락없이 아내가 성당의 레지오 단원들을 데리고 불
시에 들이닥친 줄 알아서 나는 솟구치는 반가움을 천
연덕스럽게 가다듬고 괜히 뜨락의 보릿짚 모자를 눌러
쓰고 일부러 천천히 마당을 걸어가서 반갑게 대문을
열었더니 처음 보는 낯선 사람들이다 중년 부인네 둘
과 젊은 사내 하나 서서 '하나님 복음'을 전하러 왔다
고 한다

한사코 종교 토론이라도 하고 가겠다는 그들을 떠밀
어내다시피 따돌리고 나는 다시 혼자가 된다 그들이
주고 간 복음 안내서를 손아귀에 넣고 힘껏 구겨서 쓰
레기통에 던져넣고 나는 혼자서 중얼거린다 괜찮아 문

따러가는 동안만이라도 내 마음은 두근거리지 않았
던가

뿌리 내리기

봄이 되어 앞마당은 무얼 심을 것을 달라고 아우성
친다 나는 농원으로 가서 손가락 굵기만한 묘목을 이
것저것 사다 심었지만 심은 표시가 없다 그래서 청주
의 안나 할머니 댁으로 가서 예전 살던 집에서 옮겨둔
나무를 싣고 왔다

삼년 동안이나 나무를 맡아 길러준 안나씨 내외는
화사한 봄볕 속에서 맨발로 배추씨를 놓고 있었다 능
소화 회양목 백목련 산수유 단풍나무 해당화…… 안나
씨댁 아저씨는 꽃이 참 예쁘다는 까치밥이랑 더덕이랑
도라지씨까지 은근히 챙겨준다 나무는 멀리서 옮겨져
와서 바로 뿌리가 흙에 묻혔다 며칠이 지나 어떤 것은
바로 움을 틔우고 어떤 것은 비실비실하였다

봄비 끝에 뿌리를 잘 내려가는 나무들을 보면서 나
도 이 새로운 땅에 내 삶의 뿌리가 튼튼히 내려지기를
소망한다

이동순의 시

고   은

한번 가본다 하면서 가지 못했다. 그 진실한 눈 깜짝깜
짝거리는 시인 이동순이 처사 생활을 하고 있는 새알산 고
죽 마을 별처(別處) 말이다.

나와는 딱히 깊은 물속 같은 정이 든 것은 아니지만 한
번씩 만날 때마다 서로 다가들어 마음을 열고 있는 처지이
다. 고려의 뛰어난 시인 정지상의 어떤 구절 '정이 깊이
들어 칠흑 같다'라는 표현이야 우리가 더 살아본 뒤에나
빌려다 쓸 터이지만 나는 그가 처자조차 이따금씩 만나게
되는 독거의 하루하루를 보내는 일에 선뜻 잘한다고 추겨
세울 경우도 아니다.

새알산이니 고죽 마을이니 하는 이름도 그의 시집 교정
쇄를 읽으면서 알게 되었다. 아마도 경북 경산군의 어느
두메마을인 성부르다.

거기서 눈발 뿌리는 새알산을 앞산으로 바라보는 시인의
눈은 차라리 대학의 국문학 교수라던가 남편과 학부형이라
던가 하는 역할도 어느 만큼은 짐스러워하는 적막감을 담
고 있는지 모른다.

기왕 그의 시집 안에 퇴락한 농촌의 정서가 없었던 것은 아니지만 이번 시집은 그의 고죽 마을 보고서라고 해도 무방할 만큼 그의 독거생활의 일거일동으로 흥건하게 채워져 있다.

「혼자 먹는 아침」은 굳이 빛을 뿜어대는 예지나 오묘한 감수성을 자랑하는 것이 아니거니와 지극히 평범한 구술어(口述語)로 이루어졌음에도 놀라운 울림을 낳는다.

밥 한 덩이와
물 한 사발과
간장 한 종지와
어제 먹다 남은 김치 한 보시기가
아침 밥상에 놓여 있다
(…)

여기까지만으로도 이 시는 다 이루어진 셈이다. 벌써 혼자 먹는 그 아침 밥상의 형언할 길 없는 고독이 번지지 않을 도리가 없다.

시집의 첫머리 시 「별」의 그 극명한 고독으로써 '하늘을 보니/나처럼 새벽잠이 깬 별 하나가/빈 개밥그릇을 내려다보고 있습니다'라고 말하고 있는 것도 어떤 수사(修辭)의 난만함 따위를 사절하고 있다.

여기서 나는 '말하고 있다'고 했는데 이 시집의 시 전반에 걸쳐 노래하기보다 말하기에 더 기울어지고 있는 도력(道力)이 보인다.

무엇을 아리땁게 노래하기보다 자못 일정한 달관의 자세로 말하는 그 만상(万象)에의 긍휼함은 무엇인가.

106

그는 혼자서 아침 밥상 앞에 앉아 있기도 하지만 그보다는 풍성품류(風聲品流)로서의 풍류에 능한 차(茶)공양의 경지도 여간 아닐 터이다.

시인은 젊은 시절부터 젊음만으로 내달리지 않았다. 천부의 기품이 도리어 그 젊음을 빼내기도 했던 것이다.

과연 영남 서북부의 재야 성리학을 배경으로 한 독립운동가 이명균(李明均) 선생을 조부로 삼아 어려운 시절을 보낸 가계(家系)에서 그는 어린 시절을 수신(修身)으로 보낸 터이다.

하지만 그가 시인이 되지 않을 수 없는 행복은 첫돌도 되기 전의 젖먹이였던 그가 어머니를 잃은 그 하염없는 불행과 관련되고 있다.

그가 누님을 주제로 삼은 「연분홍 편지」에서도 누님보다 어머니의 부재가 더 강렬해진다. 「어머니 품」「어머님 임종날 생각」「어머니」「나정지」 들은 그가 얼마나 어머니에의 보본(報本)을 지향하고 있는가를 여실하게 보여주고 있다.

그래서 홀라후프놀이를 하는 딸의 아버지이기보다 이 세상을 떠난 얼굴도 기억할 수 없는 그 근원의 추상에 대한 그의 시심은 그 무엇과도 바꿀 수 없는 것인지 모른다.

바로 이 점에서 나는 이동순의 시를 가령 신비평류(新批評類)의 작품주의로만 이해하지 못한다. 시인이 있어 시가 있지 않는가? 라고 이동순의 꾸미지 못하는 자연 그대로의 시어는 말하고 있는 것이다.

그런데 그는 이런 모성귀의의 세계에만 고치를 틀고 들어앉은 것이 아니다.

그의 고죽 마을 생활은 한 중견 국문학자가 실로 오랫동안 꿈꾸어온 전원생활의 일에 땀을 흘리는 것으로 시의 바탕을 이루고 있다.

「묵언」「나무에 대하여」「콩조림」「봄눈」 등은 시인이 그의 삶을 깊은 성찰의 대상으로 만드는 처소에서의 여러 작업과 관련된다.

이런 시들은 하나같이 직접 흙과 삶의 터전에 몸을 접촉시키는 데서 찾아지는 오랜 농경사회적인 정서의 새삼스럼을 지니고 있다. 여기서 새삼스럽다고 말하는 까닭인즉 그것은 새로운 것 뿐 아니라 그 새로움이 사실상 낯익은 기억 속에서 재생되는 것이기 때문이다.

그는 이런 경험을 통해서 시인의 득의(得意) 그대로 가장 이동순적인 화법을 얻는다.

하지만 그의 시는 이것으로만 요약할 수 없다.

그런 사실이 아니더라도 그에게는 긴가민가하게 도잠(陶潛)의 귀거래사적인 체관(諦觀)의 경지도 내보이고 있다. 이 점에서 또 한가지 따져볼 일은 귀거래사의 서정과는 다른 건조한 지조의 단면도 드러나지 않는 바 아니겠다.

가령 「청산에 새소리 가득 차고」에서도 그들먹한 가마솥 속의 더운 물 같은 정서로 구성되었으나 이 시를 읽고 난 뒤의 혓바닥에는 어떤 미(味)보다 무미(無味)를 환기시키는 것은 야릇하기까지 하다. 문득 길을 잘못 들었음을 깨달았을 때의 그 찬 기운 같은 것이 이 시의 끄트머리에 이어지는 것이다.

이와 함께 이 시집의 다른 하나는 시인의 친화력에 의한 이야기시의 가능성이다.

그것은 「고죽리의 밤」으로부터 한걸음 구체적인 사람 이야기가 펼치는 이 땅의 민중적 사회전기에 값하는지 모른다.

108

「허경행씨의 이빨 내력」이나 일련의 ‘봉도’ 연작들이나 밤길에서 만난 할머니나 할아버지들의 한 부분을 엮어내는 것들은 이미 귀거래사의 그것이 아닐 터이다.

시인은 여기서 1930년대 백석(白石)이나 그밖의 시인들에게서 곧잘 보였던 어미(語尾) ‘……누’를 고풍스럽게 쓰는 것으로 시의 대상으로부터 일정한 거리를 가지는 지식인의 제한도 성취하고 있다. 시인이 시인의 근본신분을 팽개치고 민중 속으로 들어가버리는 일이 한 시대의 미덕이 아닐 수 없었던 체험을 소중하게 여길수록 시인은 함부로 시인이기를 굴복하면서까지 어떤 당위에 함몰될 필요에 대해서 신중해야 마땅하다.

이동순이 바로 이런 일에 들어맞는 것이다.

또 하나 지적할 일은 그의 고죽 마을 생활에서 그동안 만나지 못했던 앞산이나 새, 누에, 개, 계절, 강, 나무, 아침과 저녁, 소들에 대한 새로운 기쁨으로서의 발견이다.

그것은 어떤 논리의 타당성도 개입시키지 않은 공백에 시인 자신의 통찰이나 소감 그리고 지각들이 기교 없이 그려지는 것으로 되고 있다. 그것은 시인이 대구, 김천 혹은 경산의 저잣거리에서 만나기 어려운 사물들과의 만남이었다.

「풍경소리」의 압권이 바로 이런 만남을 바탕으로 했을 때 나올 수 있는 것이다.

(…)
대숲을 쓸어온 바람은
풍경에 매달린 고기를 흔든다
고기는 부는 바람에 몸을 비틀며

참다가 참다가 드디어
종소리를 좌르르 쏟아놓고야 만다
바람은 그제야
할 일을 했다는 듯
다른 곳으로 떠나가고
구리로 만든 고기의 등짝에는
아침 볕이 눈부시게 비친다

　그런데 시인은 「고죽리의 밤」에 이르러서는 아주 솔직하게 '등불을 켜고 나는 책상 앞에 가 앉는다'로 시작해서 시인으로 돌아가고 있는 것이다.
　그것은 혼자 먹는 아침밥과 제사지낸 다음날 아침 초대되어 함께 먹는 아침밥 사이의 거리를 유지하고 있는 시적 객관성이기도 하다.
　시인 이동순! 이 사랑스럽다가도 버거운 사람. 버겁다가도 졸졸 흐르는 개울같이 이쁘디이쁜 사람. 이런 사람이 시인인 것에 벌써 나는 석잔 술을 넘어 취하기 시작한다.
　이 금릉(金陵)의 참다운 사람아. 차라리 삼거리 주막에 정을 두지 말아라. 그런 정이 바로 푸른 피의 슬픔이니라.

후   기

  이번 여섯번째 시집 원고를 엮고 보니 대부분 작품이 경산 고죽(孤竹) 마을에서의 생활과 주변의 자연 환경, 그리고 주로 과일 농사에 의존하며 살아가는 지역 농민들의 삶을 그린 것으로 고스란히 소묘집의 분위기가 되었다. 이곳에서의 생활은 나로 하여금 무엇보다도 삶의 참된 의미랄까, 흙과 태양과 초목들, 더불어 농민들의 질박한 삶의 현장에서 발신되어 오는 존재의 경이로움과 그 무한한 생명력을 흠씬 느끼게 한다. 하지만 그들의 생명력이란 현재 너무도 힘겹고 어려운 조건 속에 있다. 그 어려움 속에서도 여전히 그들은 무너진 흙담을 묵묵히 고치고, 송아지도 새로 사들이고, 밭에 나가서 괭이질을 한다. 아무쪼록 나는 시로써 그들의 삶 속으로 한걸음 더 가까이 다가가고 싶다. 이런 소망을 이루려면, 이 바람찬 고죽 땅에서 내가 먼저 시의 손을 더욱 뜨겁게 부여잡고 살아가는 우직한 길 밖에 달리 도리가 없다. 봄비에 촉촉히 젖고 있는 새알산을 물끄러미 바라보며 나는 이런 생각에 잠긴다.

1995년 5월

고죽 능소화 나무 아래에서

이   동   순

111

창비시선 133

봄의 설법

초판 1쇄 발행/1995년 5월 2일
초판 3쇄 발행/2005년 2월 25일

지은이/이동순
펴낸이/고세현
펴낸곳/(주)창비
등록/1986년 8월 5일 제85호
주소/경기도 파주시 교하읍 문발리 513-11
      우편번호 413-832
전화/031-955-3333
팩시밀리/영업 031-955-3399 · 편집 031-955-3400
홈페이지/www.changbi.com
전자우편/literat@changbi.com

ⓒ 이동순 1995
ISBN 89-364-2133-6 03810